La amiga más amiga de la hormiga Miga

Emili Teixidor

ediciones SM Joaquín Turina 39   28044 Madrid

Colección dirigida por **Marinella Terzi**

Ilustraciones: *Gabriela Rubio*

© Emili Teixidor, 1997
© Ediciones SM, 1997
 Joaquín Turina, 39 - 28044 Madrid

Comercializa: CESMA, SA - Aguacate, 43 - 28044 Madrid

ISBN: 84-348-5267-5
Depósito legal: M-4260-1997
Fotocomposición: Grafilia, SL
Impreso en España/Printed in Spain
Orymu, SA - Ruiz de Alda, 1 - Pinto (Madrid)

No está permitida la reproducción total o parcial de este libro, ni su tratamiento informático, ni la transmisión de ninguna forma o por cualquier medio, ya sea electrónico, mecánico, por fotocopia, por registro u otros métodos, sin el permiso previo y por escrito de los titulares del copyright.

1

La mejor amiga de la hormiga Miga era la jirafa Rafa.

Durante mucho tiempo las dos amigas no se conocían porque la distancia entre ellas era tan grande que no podían verse aunque se cruzaran por el camino.

La hormiga Miga, por más que levantara la cabeza, no lograba ver más arriba de las flores y los juncos del prado. Y la jirafa Rafa, por más que agachara la cabeza, no lograba distinguir una piedra de una boñiga de vaca.

La hormiga Miga no imaginaba que existieran seres tan altos como la jirafa Rafa. Y la jirafa Rafa no pensaba que existieran seres tan diminutos como la hormiga Miga.

Así vivían y hacían su camino: la hormiga Miga, en busca de granos de trigo o

de cebada para su almacén de invierno, y la jirafa Rafa, en busca de las hojas más altas y tiernas de los árboles para saciar su hambre.

Hasta que un día, la hormiga Miga se hartó de ir siempre en fila junto a sus compañeras, entre la hormiga Maga que era bruja y la hormiga Mega que estaba gordísima, en una larga procesión que salía cada mañana del hormiguero a buscar alimento por el bosque. La hormiga Miga decidió escaparse un rato para descubrir cómo era el mundo más arriba y más allá de la hilera de hormigas que hacían cada día lo mismo.

Pensó que por la noche, a la hora de volver al hormiguero para cuidar a la reina, ya se inventaría alguna excusa para explicar su desaparición.

La hormiga Miga quería ver mundo.

2

El primer encuentro que tuvo la hormiga Miga en su camino fue con una vecina del hormiguero, la mariquita Quita. La mariquita era muy buena y le gustaba ayudar a los demás, por eso la llamaban también la mariquita Quitapesares. Miga le preguntó:

—Tú que tienes alas y puedes volar, ¿podrías decirme qué hay más arriba de la punta más alta de las hierbas? ¿Podrías llevarme en uno de tus vuelos para que yo pudiera ver qué hay por encima de las flores del prado?

Pero la mariquita Quita le dijo:

—¡Ay, amiga Miga! Yo vuelo muy poco y muy mal. Mis alas son de quita y pon —se rió—, casi un adorno. Mi amigo, el escarabajo Bajo, quizá pueda llevarte a ver qué hay más allá de las hierbas del prado.

—¡Pero el escarabajo Bajo tiene las alas tan pesadas que no le sirven para volar! —protestó la hormiga Miga.

—¡Ya lo sé! Pero el escarabajo Bajo es muy amigo de la langosta Angosta, y quizá le pueda pedir que te lleve en uno de sus vuelos de excursión por los aires. Dime, ¿qué quieres ver allá arriba?

—Quiero ver cómo es el mundo.

—No hay nada que ver, amiga Miga. Todo lo que sube, baja, o sea, que en la tierra que pisas tienes todo lo que hay en el mundo. Los árboles más altos, las nubes más ligeras, incluso la lluvia que cae del cielo, todo ha surgido antes de la tierra. Sube, se mantiene un tiempo, y se vuelve a caer.

—Pero yo quiero verlo antes de que se caiga.

—¿Por qué?

—Porque en lo alto todo parece más fuerte y más hermoso.

Y quedaron en que la mariquita Quita le pediría el favor a su amigo el escarabajo Bajo.

3

—¡Huy! —exclamó la langosta Angosta al ser consultada por su amigo el escarabajo Bajo—. Mis vuelos son muy bajos, cortos y peligrosos por las sacudidas. Más que vuelos son saltos. Pero tengo una amiga que vuela más alto que yo y que quizá pueda ayudar a tu amiga la hormiga Miga. Es la mosca Hosca. Se lo pediré a ella, aunque te advierto que tiene muy mal humor.

La mosca Hosca, con cara de enfado, contestó a la langosta Angosta:

—Yo soy demasiado pequeña y no puedo llevar a nadie de excursión por los aires, a no ser que tenga una razón muy importante. ¿Tiene una razón muy importante tu amiga la hormiga Miga para hacer ese viaje?

—Pues... creo que sólo tiene curiosidad para ver qué hay más arriba.

—¡Qué tontería! —se irritó la mosca Hosca—. Ésa no es una razón seria. No quiero llevarla. Pídeselo al gusano Sano o a la oruga Arruga, que se arrastran lentamente y tienen las espaldas muy anchas...

—¡Pero el gusano Sano se arrastra por el suelo!

—En cambio, la oruga Arruga sube hasta las hojas de las moreras...

—Ya hace tiempo que se ha construido un nido y se ha metido dentro, envuelto en

un ovillo, esperando transformarse en mariposa...

—¿Tu hormiga no podría hacer lo mismo y esperar a que le nazcan alas?

—A ella no le nacen alas. No puede esperar. Su impaciencia son sus alas.

—Entonces pídeselo al lagarto Harto, que tiene las espaldas más anchas que yo.
—¡Pero los lagartos no vuelan!

—¡Pero suben a las rocas y a los árboles más altos, tonta! A los lagartos, como son muy holgazanes, no les importará perder el tiempo con la curiosidad de tu amiga.

4

SIN embargo, el lagarto Harto estaba muy cansado, y se excusó diciendo:

—Antes subía al pico más alto de las rocas, pero ahora estoy muy gordo y muy viejo y, sobre todo, muy harto de correr arriba y abajo. No pienso moverme en un par de meses, mientras el sol caliente. Necesito almacenar calor para los meses de invierno. Pregunta a mi amigo el ruiseñor Señor, que es muy amable y quizá pueda ayudaros.

El ruiseñor Señor, que siempre hablaba en verso, dijo:

—Dile a tu amiga,
la hormiga Miga,
que allá en la altura
está la aventura,
y están las nubes.
Y que si subes,
verás un cielo
de terciopelo
y el horizonte,
línea de monte,
donde la tierra
el cielo encierra.

—Pero ¿tú puedes llevar a mi amiga en uno de tus vuelos? —insistió la langosta Angosta.

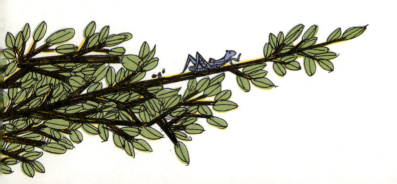

El ruiseñor Señor exclamó:
—¡Oh no, no puedo,
que me da miedo!
Mi vuelo es alto,
como un gran salto,
veloz, movido,
lejos del nido.

Tu amiga y mía
se caería.
Busca un vecino
de vuelo fino,
tranquilo, suave...,

a cualquier ave
más reposada
para que nada
malo suceda.
¡Vuelo de seda
de la gallina
llamada Lina!

Y así fue como la langosta Angosta fue a visitar a la gallina Lina para ayudar a su amiga la hormiga Miga.

5

—Yo casi no vuelo nada —dijo la gallina Lina—. Por eso, un vuelo corto y pesado es... gallináceo, o sea de poco vuelo. Déjame consultar con mi amigo el lobo Bobo.

—¿Eres amiga de un lobo? —se sorprendió la langosta Angosta.

—Del lobo Bobo, sí, porque es bobo y no hace nada. Y como es bobo, me cuenta las astucias de los otros lobos para atraparme, y así me salvo.

El lobo Bobo consultó a su vez con su amigo el oso Soso, para ver si la hormiga

Miga, amiga de la mariquita Quita, amiga del escarabajo Bajo, amigo de la langosta Angosta, amiga de la mosca Hosca, amiga del gusano Sano, de la oruga Arruga, aho-

ra convertida en larva de mariposa, y del lagarto Harto, amigo del ruiseñor Señor, amigo de la gallina Lina, amiga del lobo Bobo, amigo del oso Soso, podía encontrar a alguien que la llevara de excursión por las alturas para ver el horizonte.

Y el oso Soso halló por fin la solución. Dijo:

—Tengo una amiga que es la más alta de todos: la jirafa Rafa. Si la hormiga Miga se sube a la cabeza de la jirafa Rafa, podrá ver las nubes, el cielo y el horizonte.

—Sí, pero ¿cómo subirá la hormiga Miga a la cabeza de la jirafa Rafa?

—Eso lo resolverá mi primo el oso Ingenioso —dijo el oso Soso—, pero antes hay que saber si la jirafa Rafa acepta llevar en su cabeza a tu amiga Miga.

—No, perdona —dijo la langosta Angosta—. Antes hay que saber cómo subirá la hormiga Miga a la cabeza de la jirafa Rafa.

—Bueno, pues vamos a ver al oso Ingenioso.

6

El oso Ingenioso estaba en su cueva construyendo colmenas con corcho, maderas y mimbres, para atraer a las abejas. Tras escuchar con atención a sus visitantes, el oso Ingenioso dio la solución para que la hormiga Miga pudiera subirse fácilmente a la cabeza de la jirafa Rafa:

—La hormiga Miga deberá subirse a una piedrecita, eso lo primero —dijo—. Una piedrecita ni muy grande ni muy chiquitita. Después, el ruiseñor Señor cogerá la piedrecita con su pico, con cuidado para no tragarse a la hormiga Miga, y volará hasta la cabeza de la jirafa Rafa para depositar a la hormiga arriba del todo, entre sus dos cuernecitos.

—¿Y si la piedrecita se cae, mientras la hormiga Miga contempla el horizonte? —preguntó la langosta Angosta.

—Da lo mismo. La hormiga puede agarrarse a algún pelo de la crin.

—¿Y para bajar? —preguntó el oso Soso.

—Pues lo mismo, pero al revés. Y si se cae la piedrecita, pues el ruiseñor Señor le trae otra con el pico, y tan felices.

7

La hormiga Miga se puso muy contenta cuando sus amigos le comunicaron esta solución. Pero quedaba un problema por resolver.

—¿Quién le pide permiso a la jirafa Rafa para subirse a su cabeza? —preguntó el escarabajo Bajo.

Todos los amigos se pusieron a pensar. Al fin, el oso Ingenioso dijo:

—Yo creo que debe ser el ruiseñor Señor quien hable con la jirafa Rafa y le pida su colaboración para que la hormiga Miga pueda ver el horizonte.

Pero el ruiseñor Señor protestó:

—Oso asqueroso,
feo, peloso,
ruin, espantoso,
malo, engañoso:
¿Y por qué yo?
¡No, no, no y no!

ingenioso repuso, sin perder la

es ser tú, porque eres el único que sabe hablar en verso.

—El verso suena como una canción —añadió un oso que había pasado inadvertido hasta entonces, porque era muy perezoso, el oso Pérez.

—Y nosotros hablamos en prosa —dijo el oso Soso—, que es como habla todo el mundo, de manera muy sosa, sin pensar en las palabras que usa.

Pero el ruiseñor Señor no se rendía tan fácilmente:

—¿Qué importa eso?

¿No tiene seso?

Por las orejas

llegan las quejas,

gritos, canciones

y peticiones

en verso o prosa,

que no es gran cosa.

El lagarto Harto le explicó la razón exacta:

—Tienes que ser tú, porque a la jirafa Rafa, como es tan alta, sólo le llega el final de las palabras que le dirigen.

—¿Y eso qué importa?

¿No oye ni torta?

—Sí, sí que importa —remachó la gallina Lina—, porque quien le hable debe escoger muy bien las palabras para hacerse entender. Y sólo los poetas como tú saben encontrar las palabras adecuadas para las ocasiones.

—Recuerda, ruiseñor Señor: la jirafa Rafa sólo atiende a las sílabas finales del discurso. Por eso hay que utilizar palabras muy largas para que no se pierdan por el camino. Por ejemplo, si le dices «Jirafa Rafa, la veo a usted muy desmejorada», a ella sólo le llegará «... mejorada», y creerá que le dices que está mejor y no peor.

—Y si le hablas de la «comadreja», ella creerá que le hablas de la «... reja», y si le dices «reír», ella entiende «... ir» y se va, y si le hablas de un «zapato», ella sólo oye «... pato...».

Al ruiseñor Señor le hizo gracia aquello y aceptó el encargo.

8

Y ya tenemos al ruiseñor Señor volando en busca de la cabeza de la jirafa Rafa.

En su vuelo, el ruiseñor Señor iba pensando trucos para hacerse entender por la jirafa Rafa, y sobre todo para que ésta aceptase ayudar a la hormiga Miga.

Para empezar, pensó acortar los nombres cuando le conviniera, y así llamar a la hormiga Miga, horMiga, pronunciando con más fuerza la parte final. Y gritó los nombres de la jiRafa, su propio nombre de ruiSeñor, el escaraBajo, el IngeniOso... Los más difíciles eran la galLina, la oruArruga y algunos otros.

Recordaba las palabras más largas que conocía, como los nombres de las plantas llamadas hierbabuena y nomeolvides, o el de un animal, el hipopótamo Popó, pero pocas más. Recordó también trabalenguas como «el cielo está enladrillado, quién lo desenladrillará, el desenladrillador que lo desenladrillare buen desenladrillador será». Y se inventó otros como «el suelo está embadurnado, quién lo desembadurnará, el desembadurnador que lo desembadurnare buen desembadurnador será».

También podía inventarse palabras nuevas, como *jirafador*, salida de jirafa y mirador, para indicar el punto de la cabeza de la jiRafa que debía servir de mirador para la horMiga. Y *ascenSeñor*, de ascensor y ruiSeñor, que era lo que haría él transformado en una especie de ascensor, arriba y abajo, al servicio de la horMiga. La palabra le gustó porque podía servir para indicar los ascensores en los que sólo podían subir los señores. Y *horizontorio*, un observatorio para contemplar el horizonte. Pero con esas nuevas palabras la jiRafa todavía le entendería menos que con las corrientes.

Entonces pensó que si la jiRafa sólo oía bien el final, todo lo demás no importaba mucho. Y podía decir frases como por ejemplo:

Quelibostoniadequelibostaniamastoniaquebostaniaperocómotellamas?

Pero lo dejó porque era muy liado, ella misma no sabría qué preguntaba, y corría el peligro de que la jiRafa en vez de comprender el final «¿Cómo te llamas?», oyera sólo el finalísimo «amas» del verbo amar, y la cosa acabara mal.

Si la jiRafa supiera leer, le podría presentar frases construidas con números como «¡Qué desas3», «Si ocurre algo cuando duermo, no me avi6», «Los elefantes están para2», «Un balan5 n mucha marcha», «El loro de oro está p8», «Mi hermano se llama E1000io», «Pasen, señores, y presen100 las maravillas del circo»..., y muchas más.

Todo para tratar de hacerse entender por la jirafa Rafa.

9

La jirafa Rafa tenía la cabeza en las nubes, ignorante del ruiseñor que se le acercaba. Estaba probando las últimas hojas de las ramas más altas de una encina centenaria cuando el ruiseñor Señor se posó en una de las ramitas que estaba a punto de tragarse, muy cerca de sus orejas, y la saludó así:

—¡Tú, jirafa Rafa!
Abre las orejas
que no quiero quejas
si sólo oyes rejas
en vez de oír orejas,

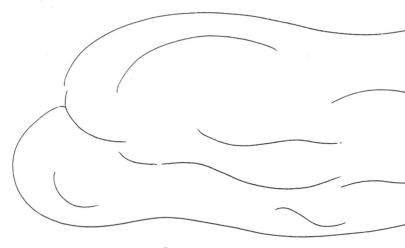

porque tú te dejas
medias palabrejas
y desemparejas
todas las madejas
y dejas perplejas
hasta a las conejas
que comen lentejas...
¡Tú, jirafa Rafa!
¿Sabes que mi amiga,
que es la hormiga Miga,
no ve lo diverso
que es el universo?

La jirafa Rafa movió las orejas, miró con sorpresa al ruiseñor y respondió:

—¡Qué bien hablas en verso!

—Mi amiga es tan bajita
que, pobre, necesita
subir a lo más alto
sin ningún sobresalto.

—¿Podrá subir tan alto?

—No tiene más remedio.

—¿Dices que tiene un medio?

—Me ha pedido un amigo
que la suba conmigo
y, más que pedir, reza
estar en tu cabeza.
Es tan leve su peso
que será como un beso.

—¡Uy, qué bien! ¡Eso, eso...!

—¿Entonces qué le digo?
¿Puede subir conmigo?
A ver si lo consigo.
¿Puedo contar contigo?

—Me importa más que un higo.

—¿Tú lo ves bien así?

—Ya te he dicho que sí.

Y con el sí de la jirafa, salió el ruiseñor volando hacia el suelo, donde lo esperaban ansiosos la hormiga Miga y sus amigos.

10

TODOS se alegraron mucho del sí de la jirafa y se dispusieron a preparar el viaje de la hormiga para ver el horizonte.

La mariquita Quita le dio consejos para el vuelo, como que se agarrara muy fuerte a una pluma del ruiseñor para no caerse. La langosta Angosta le regaló una brizna de hierba para usarla como una pértiga al llegar y aterrizar bien en la cabeza de la jirafa. La mosca Hosca le dio una gota de miel de la abeja Vieja para alimentarse si el viaje duraba más de lo previsto. El lagarto Harto y la culebrilla Brilla le entregaron un pedacito de su piel vieja para abrigarse por si en las alturas el viento soplaba frío. La gallina Lina le dio un par de granos de trigo para aumentar su peso y evitar que un golpe de aire se la llevara. El lobo Bobo no supo qué darle para el viaje. El oso Soso le dijo que se lo pensara bien antes de emprender una aventura tan arriesgada. El oso Ingenioso le aconsejó que se procurara una pluma pequeñita de la gallina Lina o del mismo ruiseñor, o mejor todavía un plumón, que son las plumas delgadas y como de seda que tienen las aves debajo de las plumas, para que le sirviera de paracaídas en caso de accidente...

Incluso el leopardo Pardo, el león Eon y los monos Ono, Dos y Tres se habían acercado, curiosos, para contemplar el inicio de la aventura.

Cuando estaba todo a punto, surgió un gran problema:

—¿Y si a mi vuelta la reina del hormi-

guero se enfada conmigo? —dijo la hormiga, un poco triste.

—¡A buena hora te vienen los remordimientos! —exclamó el gusano Sano.

—¡Es lo malo que tiene vivir en una comunidad tan estricta! —reflexionó el oso Soso.

—A esas horas, las compañeras con las que hemos salido en columna a buscar alimentos ya se habrán dado cuenta de mi ausencia y me andarán buscando como locas —dijo la hormiga Miga—. La hormiga Maga estará haciendo sus magias para ver dónde estoy; la hormiga Mega, que es la más forzuda, estará removiendo todas las piedras para ver si he quedado aplastada bajo el peso de alguna, y la hormiga Muga, que no para de dar la murga, estará dando la lata a todo el hormiguero preguntando dónde estoy...

—Estás de viaje para ver el horizonte —dijo el oso Ingenioso—. ¡Venga, súbete a la piedrecita que te han preparado, que todo eso no son más que excusas para disimular el miedo a volar!

—¡No te arrugues en el último momento! —le gritaron todos.

—A la vuelta, si es necesario, te acompañaremos todos en procesión al hormiguero para que la reina te perdone —prometió la gallina Lina.

—Si es así... —se decidió finalmente la hormiguita.

Pero en vez de subirse a la piedrecita, encontraron más práctico que la mariquita Quita cogiera a la hormiga Miga y la colocara entre las alas de la mosca Hosca, que la puso en la espalda de la langosta Angosta, que saltó sobre la cabeza del ruiseñor y allí se agarró a un plumón mientras el pájaro alzaba el vuelo entre los aplausos de todos sus amigos.

11

La hormiga llegó mareada a la cabeza de la jirafa, a pesar de que el ruiseñor había volado de la manera más suave. Antes de dejar a su viajera, el ruiseñor Señor dio un par de vueltas ante los ojos de la jirafa Rafa para advertir de su llegada. Y una vez depositada la hormiga Miga en su observatorio, pegó un par de picotazos en la cabeza de la jirafa para que supiera el punto exacto en que se encontraba su delicada y minúscula invitada.

—¡Me habías dicho que no notaría nada! —exclamó Rafa, la jirafa, al sentir los picotazos.

—Es para indicar el punto
en que la tienes situada.
Y si quieres te lo apunto
ya que eres tan ordenada.

—Nada. Ya no noto nada.

—Yo me quedo en esta rama
porque tengo mucha prisa.

—Es verdad, sí que da risa.

La jirafa Rafa levantó un poco la cabeza con el cuello tieso para que la hormiga Miga no notara ninguna sacudida. Luego empezó a mover lentamente la cabeza a derecha e izquierda para que su huésped pudiera ver en todas las direcciones.

—¡Me quedo muy admirada! —exclamó la hormiga Miga al contemplar por primera vez el horizonte.

El ruiseñor repitió sus palabras porque la vocecita de la hormiga Miga no tenía fuerza suficiente para llegar a oídos de la jirafa.

—¡Mira qué bien educada!
Dice estar muy admirada.
—La mirada, sí —dijo la jirafa—. Mira lo lejos que queda la línea del horizonte. Extiende la mirada.

La hormiga Miga paseó su mirada por las cimas de los árboles del bosque, los tejados de los pueblos, el vuelo de los pájaros

desconocidos, el azul de los lagos, y la cumbre de las montañas que se confundían con las nubes más lejanas y el cielo más bajo... Pensó que era muy hermoso aquel cielo lejano con tantos colores que cambiaban en tan poco tiempo.

—A mí también me gustaría ver qué hay en el suelo —suspiró la jirafa—, pero por más que agache la cabeza, nunca lograré verlo tan de cerca como una hormiga. Además, me han dicho que las hormigas viven dentro de la tierra, o sea que ven y saben cosas que yo nunca podré ver.

Entonces la hormiga Miga pensó que era muy afortunada por tener tan buenos amigos que le habían ayudado a subir a contemplar el horizonte. Tener buenos amigos, pensó, es como tener una escalera que te ayuda a llegar donde tú no puedes. Los amigos te prestan los peldaños y las alas que tú no tienes.

—Yo te contaré lo que quieras saber de la tierra... y de debajo de la tierra.

—Te servirá de consuelo

su explicación sobre el suelo

—gritó el ruiseñor.

—Es verdad que desde aquí arriba ni lo huelo... —se rió la jirafa.

Entonces empezó a soplar un poco de aire y la hormiga tuvo que agarrarse bien a los pelillos de la jirafa e incluso protegerse con los plumones que había arrancado al ruiseñor por si los necesitaba como paracaídas.

El viento hizo caer las hojas de algunos árboles cercanos y los frutos maduros y desviar el vuelo de los pájaros. Y la hormiga Miga dijo:

—Ahora ya conozco el secreto del mundo.

El ruiseñor avisó:

—Tenemos que ir hacia abajo,
que al tiempo le nacen alas.
A ver si ya, hecho el trabajo,
ése se pone de malas.

—Veo que mueves las alas —interpretó la jirafa—. ¿Le ha gustado el horizonte a tu amiga?

—Dice que ha visto un secreto
que estaba por descubrir.
Otro día más completo
nos lo tendrá que decir.

—Ya veo que os queréis ir —dijo la jirafa.

12

—Ya veo que os queréis ir —repitió la jirafa.

—Sí... —dijo con tristeza la hormiga Miga—, aunque podría quedarme como si fuera una pulga o un piojo de la cabeza de Rafa. Si la oruga Arruga puede transformarse en mariposa, no sé por qué yo no puedo convertirme en pulga o piojo para quedarme aquí arriba para siempre.

El ruiseñor se apresuró a decir:

—Piénsalo otra vez mejor,
no decidas de repente.
No te vayas con dolor,
que la vista es excelente.

—Es verdad que lo vería mejor con una lente —dijo la jirafa—. En otra ocasión pediremos las gafas prestadas al mochuelo Monchuelo para que lo vea todo mejor.

—Ahora sé que todo lo que sube, baja, y todo lo que se encumbra algún día se derrumba —la hormiga Miga continuaba su reflexión—. Me ha gustado mucho ver las cosas en su altura antes de que se caigan.

Y luego añadió dirigiéndose al ruiseñor:

—Dile que, si me lo permite, algún día me gustaría volver.

El ruiseñor lo repitió, a su modo, a la jirafa.

—¿Dice que si queda algo por ver? —entendió la jirafa.

—No, ya lo ha visto todo y está muy contenta.

Entonces la hormiga Miga, que nunca daba por satisfecha su curiosidad, preguntó:

—¿Qué hay más allá del horizonte?

—Mi amiga quiere saber
por falta de catalejo
qué hay más allá por ver
del horizonte azulejo.

—Lejos, azul... —dijo la jirafa—, azul y lejos, así es el horizonte.

—¿Qué hay más allá? —preguntaron a la vez la hormiga Miga y el ruiseñor Señor.

La jirafa Rafa dijo:

—Más allá del horizonte dicen que hay todo lo que está por descubrir: otros mundos, otras selvas, otros amigos...

—El secreto del mundo... —musitó la hormiga Miga.

—¿Así el secreto se esconde
más allá del horizonte?

—¿De qué habláis? —se impacientó la jirafa.

—De nada, es sólo badajo

y hay que volver al trabajo.

—Abajo —repitió la jirafa—. Cuando quiera, puedes llevarla abajo, no faltaría más. Y dile que siempre que quiera, tendré mucho gusto en albergarla de nuevo en mi cabeza.

El ruiseñor Señor voló hasta donde estaba la hormiga Miga, que se había agarrado a una de las plumas salvavidas. El ruiseñor cogió delicadamente la pluma con el pico y la colocó sobre su espalda. Luego, una vez bien segura la viajera, el pájaro emprendió el vuelo hacia abajo tras dar un par de vueltas ante los ojos de la jirafa a modo de despedida.

—¡Gracias y adiós!

—¡Adiós!

Al llegar al suelo, el ruiseñor depositó a su pasajera en un círculo que habían formado todos los amigos, desde la mariquita

Quita hasta el oso Ingenioso. Todos aplaudieron su llegada y enseguida empezaron las preguntas: que si le había gustado, que qué había visto, que si la jirafa Rafa la había tratado bien, que cómo era el horizonte...

La hormiga Miga descansó un momento y luego explicó:

—He descubierto el secreto del mundo.

13

Todos los amigos se quedaron asombrados. El oso Ingenioso dijo:

—Miga, hormiga, no seas pretenciosa. El primer viaje que haces y ya crees haber descubierto lo que otros viajeros no han osado ni preguntarse.

Pero la gallina Lina defendió a su amiga:

—Déjala que se explique y nos explique. A lo mejor ven más los pequeños que los grandes. La verdad es que a mí también me gustaría conocer el secreto del mundo.

Yo misma no he sabido nunca qué existió primero: el huevo o la gallina.

—¡Qué secreto es ése? —decía el lagarto Harto—. A mí el único secreto que me interesa es el escondite del sol. ¿Has descubierto dónde se oculta el sol cuando se pone?

—Detrás del horizonte —dijo la hormiga Miga.

—¿Y qué hay detrás del horizonte? —dijo el escarabajo Bajo.

—Otros mundos, otras selvas, otros amigos...

—Otras langostas, otros lagartos, otras gallinas... —añadió la mariquita Quita.

—Entonces, ¿en qué consiste el secreto del mundo? —preguntó el oso Pérez o Perezoso.

—He visto que el mundo es redondo y que todo lo que sube, baja; todo lo que está alto, algún día se cae. Se caen las hojas y

se desprenden los frutos; los pájaros bajan para comer y anidar; las nubes se convierten en agua y llegan a la tierra en forma de lluvia; los aviones aterrizan...

—¡Anda! —se burló la mosca Hosca—. Eso no es ningún secreto. Lo sabe todo el mundo.

—Pero yo no lo he descubierto hasta hoy... —dijo la hormiga Miga—. Y ahora sé que la tierra es redonda para que cuanto más nos alejemos del hormiguero, más cerca estemos de él. ¿No lo entendéis?

Los amigos se quedaron pensando un momento.

—No lo entiendo —dijo el lobo Bobo.

—Pues está muy claro —aclaró el oso Ingenioso—. Si te mueves en círculo, cuanto más andes más te vas acercando al punto de partida.

El lagarto Harto dibujó un círculo en el suelo para que el lobo Bobo lo comprendiera. Colocó una piedra en un punto del círculo y explicó:

—Imagina que esta piedra es el hormiguero o tu cueva. La línea que he trazado es el camino. ¿Ves? —el lagarto se movía por la rueda marcada en el suelo—. A medida que me alejo de la piedra por un lado, voy acercándome más por el otro lado.

—¡Ah, sí, ya lo veo! —exclamó el lobo Bobo—. No se me había ocurrido antes...

—También he descubierto que si no hubiera tenido amigos como vosotros, si no os hubiera visto, creería que todo el mundo está lleno de hormigas como yo, la hormiga Maga, la hormiga Mega, la hormiga Muga y toda clase de hormigas. Y si no hubiera querido ver el horizonte, no habría conocido seres como la jirafa Rafa que casi toca el cielo con la cabeza o seres que vuelan tan alto como el ruiseñor Señor.

—Desde ahora seré más atrevida —dijo

la mariquita Quita— y más viajera. ¡Yo también quiero descubrir mi horizonte y conocer nuevos amigos!

—El horizonte es el mismo para todos —dijo el oso Perezoso—. No vale la pena moverse mucho para eso.

—¡Holgazán! —le gritó el ruiseñor—. El horizonte es siempre el mismo para los que no se mueven nunca del sitio en que están. Yo te puedo asegurar que en mis vuelos he contemplado paisajes y cielos muy diferentes. Y cuanto más alto vuelo, más se ensancha el horizonte.

—¿Cómo podrás vivir ahora en el hoyo de tu hormiguero, hermana hormiga Miga, después de haber visto la inmensidad del horizonte? —le preguntó la mosca Hosca.

—Tengo otro secreto —dijo la hormiga—. En realidad, ése es el verdadero secreto del mundo.

14

—¿Más secretos? —se alarmaron casi todos los amigos, excepto el lobo Bobo, que no se inquietaba por nada.

—El último —prometió la hormiga.

Entonces la hormiga Miga se situó en el centro de la reunión, abrió la boca hacia arriba y dijo:

—¡Mirad!

Todos los amigos se acercaron para intentar ver algo en el minúsculo agujero de aquella boca. Los más pequeños, como la mariquita Quita o la mosca Hosca, tenían ventaja, y los más grandes no hacían más que preguntarles:

—¿Qué veis? ¿Qué secreto tiene en la boca?

La mariquita Quita, la mosca Hosca, el escarabajo Bajo y otros amigos que se habían acercado, como el mosquito Quito, la libélula Lula, el ciempiés Pies Planos, el piojo Ojo o la pulga Olga, se habían quedado maravillados. Explicaban a los amigos cuya corpulencia les impedía acercarse adecuadamente:

—¡Es extraordinario...! ¡Es magnífico...! ¡Es hermosísimo...!

—Pero ¿qué es? —repetían todos.

—Tiene el cielo en su boca —explicó la mariquita Quita—. Como si el horizonte se hubiera instalado en su interior.

—Es como si tuviera en la boca una bola de cristal con el mundo dentro —dijo la libélula Lula.

Los amigos miraron a su alrededor para ver si los árboles, las nubes y las piedras seguían en su sitio.

—Es un mundo en pequeño —dijo el escarabajo Bajo.

—¿Cómo lo has hecho, Miga? —le preguntaban todos.

—Sólo sé que desde el momento en que deseé ver el horizonte, nació dentro de mí como una semilla que iba creciendo a medida que hacía lo posible por conseguirlo... —dijo Miga, admirada de sí misma—, hasta que un horizonte se fue formando dentro de mí.

—Así, bajo tierra podrás seguir contemplando tu horizonte, sólo con mirar tu interior —dijo el leopardo Pardo.

—Tengo que irme —anunció Miga—. La reina y mis compañeras me echarán en falta.

—¿Les contarás tu aventura? —le preguntaron todos.

La hormiga Miga reflexionó un momento.

—Quizá... —dijo—, si puedo ayudarlas a buscar nuevos horizontes...

Ya iba a despedirse de sus amigos, cuando en aquel momento el ruiseñor Señor, el gorrión Gorrón y la golondrina Andarina se pusieron a cantar con alegría y a anunciar a todos los reunidos:

—¡Atención, reunión, atención! ¡La oruga Arruga, que se había convertido en larva Parva y después en crisálida Ida, acaba de transformarse en mariposa!

15

Todos se acercaron a la rama de la morera donde la crisálida Ida había formado su nido, y vieron cómo del capullo de seda salía un insecto frágil con dos alas de colores bellísimos.

—¡Son los colores del horizonte! —exclamó Miga.

—¡Son los colores del Arco Iris! —se admiró el ruiseñor.

—¿Tú crees que la oruga Arruga ya llevaba dentro el deseo de convertirse en mariposa? —preguntó el escarabajo Bajo.

—Sí —dijo el oso Ingenioso—, pero no te hagas ilusiones. Por dentro todos tenemos un horizonte diferente. Y un escarabajo bajo como tú sería muy infeliz si buscara o deseara horizontes que no puede alcanzar...

—No hagas caso a ese sabiondo —la animó la golondrina Andarina—. Para eso están los amigos..., para darnos alas.

La nueva mariposa intentaba su primer vuelo y no conseguía elevarse a mucha altura. Se caía una y otra vez en las hojas del árbol.

—¡Qué mariposa más patosa! —exclamó el lagarto Harto—. La llamaremos la mariposa Sosa.

—Tiene las alas tan hermosas que le quedaría mejor mariposa Preciosa —sugirió el gusano Sano.

—Bueno, ya veremos —dijo el oso Ingenioso—. De momento se queda como

mariposa Sosa. Si más adelante vuela con más gracia, ya le cambiaremos el nombre.

Todos estuvieron de acuerdo y la hormiga Miga repitió que tenía que irse. Mientras se alejaba, a sus espaldas sus amigos comenzaron a discutir sobre la manera de subir lo más alto posible para contemplar el horizonte de manera que a la vuelta sólo con abrir la boca todo el mundo supiera que llevaban un mundo dentro.

16

En un recodo del camino a su hormiguero, Miga se encontró de pronto con una montaña muy grande que le impedía el paso. Pensó que se había equivocado de senda porque nunca había visto aquel monte tan extraño, pelado, de colores claros, con un par de lagos azules que se movían...

Pero pronto se dio cuenta de que era la cabeza de la jirafa Rafa, que se había inclinado hasta el suelo para comer hierba.

Con el cuello tan largo como una grúa que llegaba a lo más alto y a lo más bajo.

Miga arrancó una flor de violeta que tenía cerca, se fabricó en un instante un altavoz para que sus palabras fueran más potentes y gritó:

—¿Qué haces aquí, cerca de mi hormiguero, amiga?

—Miga... —repitió la jirafa, que en el silencio de aquel rincón del bosque podía oír un poco la vocecita—. ¿Quién me habla de mi amiga Miga?

La hormiga, para hacerse notar, cogió una piedra, la arrastró hasta el pie de un junco y empezó a dar empujones para que se moviera. Cuando los ojos de la jirafa se fijaron en el movimiento del junco, Miga subió con rapidez con su altavoz hasta la punta. Los ojos de la jirafa coincidieron con la hormiga encaramada a lo alto del junco.

—¡Rafa, soy yo, la hormiga que ha podido contemplar el horizonte gracias a ti! Eres muy generosa.

—No es una rosa, es un junco —se rió la jirafa, encantada de ver a su invitada—. Claro, como tú sólo ves las raíces de las plantas y el inicio de los tallos, no distingues una rosa de un junco.

La hormiga no quería discutir. Era inútil decirle que ella conocía muy bien las rosas, pues las había visto mil veces deshojadas en el suelo empujadas por la lluvia o el tiempo. Quizá su amiga la jirafa Rafa no había descubierto todavía que incluso la altísima belleza de las rosas acaba por venirse abajo. Gritó:

—¡Rafa, me gustaría saber qué haces tú

para no caerte y tener siempre la cabeza tan alta! ¿Puedes decirme si has visto desde arriba el lugar donde el ancho río desemboca?

—La boca... —se rió la jirafa—. ¿Quieres que abra la boca? A mí también me gusta conocer a mis amigos por dentro...

Entonces la jirafa Rafa abrió la boca y la hormiga Miga contempló admirada un gran cielo negro que se abría ante ella. Y en la grandiosa esfera lucían estrellas grandes y pequeñas que se combinaban formando dibujos fantásticos, una luna llena y cometas y estrellas fugaces corrían de un lado a otro con regueros de luz.

—¡Qué hermoso! —exclamó la hormiga—. Yo vivo bajo la tierra y nunca había visto una noche tan hermosa. Alguna vez quise salir a ver la noche, pero como trabajo tanto, tenía sueño y no podía.

—El día... Ya sé que tú tienes el día dentro. Me lo ha contado el ruiseñor, que es un buen amigo. Él, en cambio, guarda en su garganta todos los sonidos del bosque. El mochuelo Monchuelo, que es muy sabio, dice que todos los animales estamos forrados por dentro con el tejido de nuestros sueños.

Empezó a soplar un poco de viento y el junco se agitó levemente. La hormiga tuvo que agarrarse bien al tallo para no caerse.

—Tengo que dejarte, Rafa —dijo Miga—, porque el viento me hace mover...

—¡Claro que puedes ver más cosas! Cuando quieras no tienes más que subirte al junco, yo bajaré la cabeza, como ahora, y acercándome te podrás subir a mi cabeza. Ya no necesitarás subir con el ruiseñor, si quieres. ¡Adiós, hasta pronto, amiga Miga!

—¡Adiós, Rafa!

La hormiga Miga se deslizó rápidamente por el junco y la jirafa Rafa alejó su cabeza hacia el cielo.

Al acercarse al hormiguero, Miga se encontró con sus compañeras Maga, Mega y Muga, que la andaban buscando.

—¿Dónde te habías metido?

—La reina está preocupadísima con tu desaparición.

—¿Qué estabas haciendo?

La hormiga Miga sonrió feliz y dijo:

—Andaba buscando nuevos horizontes...

17

Así fue como la jirafa Rafa se convirtió en la mejor amiga de la hormiga Miga. Y la hormiga Miga descubrió el horizonte y otros mundos ocultos del más allá y del más acá, gracias a sus amigos y a la altura de miras de la jirafa Rafa.

EL BARCO DE VAPOR

SERIE AZUL (a partir de 7 años)

1 / *Consuelo Armijo*, **El Pampinoplas**
2 / *Carmen Vázquez-Vigo*, **Caramelos de menta**
3 / *Montserrat del Amo y Gili*, **Rastro de Dios**
4 / *Consuelo Armijo*, **Aniceto, el vencecanguelos**
5 / *María Puncel*, **Abuelita Opalina**
6 / *Pilar Mateos*, **Historias de Ninguno**
7 / *René Escudié*, **Gran-Lobo-Salvaje**
8 / *Jean-François Bladé*, **Diez cuentos de lobos**
9 / *J. A. de Laiglesia*, **Mariquilla la Pelá y otros cuentos**
10 / *Pilar Mateos*, **Jeruso quiere ser gente**
11 / *María Puncel*, **Un duende a rayas**
12 / *Patricia Barbadillo*, **Rabicún**
13 / *Fernando Lalana*, **El secreto de la arboleda**
14 / *Joan Aiken*, **El gato Mog**
15 / *Mira Lobe*, **Ingo y Drago**
16 / *Mira Lobe*, **El rey Túnix**
17 / *Pilar Mateos*, **Molinete**
18 / *Janosch*, **Juan Chorlito y el indio invisible**
19 / *Christine Nöstlinger*, **Querida Susi, querido Paul**
20 / *Carmen Vázquez-Vigo*, **Por arte de magia**
21 / *Christine Nöstlinger*, **Historias de Franz**
22 / *Irina Korschunow*, **Peluso**
23 / *Christine Nöstlinger*, **Querida abuela... Tu Susi**
24 / *Irina Korschunow*, **El dragón de Jano**
25 / *Derek Sampson*, **Gruñón y el mamut peludo**
26 / *Gabriele Heiser*, **Jacobo no es un pobre diablo**
27 / *Klaus Kordon*, **La moneda de cinco marcos**
28 / *Mercè Company*, **La reina calva**
29 / *Russell E. Erickson*, **El detective Warton**
30 / *Derek Sampson*, **Más aventuras de Gruñón y el mamut peludo**
31 / *Elena O'Callaghan i Duch*, **Perrerías de un gato**
32 / *Barbara Haupt*, **El abuelo Jakob**
33 / *Klaus-Peter Wolf*, **Lili, Diango y el sheriff**
34 / *Jürgen Banscherus*, **El ratón viajero**
35 / *Paul Fournel*, **Supergato**
36 / *Jordi Sierra i Fabra*, **La fábrica de nubes**
37 / *Ursel Scheffler*, **Tintof, el monstruo de la tinta**
38 / *Irina Korschunow*, **Los babuchos de pelo verde**
39 / *Manuel L. Alonso*, **La tienda mágica**
40 / *Paloma Bordons*, **Mico**
41 / *Haze Townson*, **La fiesta de Víctor**
42 / *Christine Nöstlinger*, **Catarro a la pimienta (y otras historias de Franz)**
43 / *Klaus-Peter Wolf*, **No podéis hacer esto conmigo**
44 / *Christine Nöstlinger*, **Mini va al colegio**
45 / *Laura Beáumont*, **Jim Glotón**
46 / *Anke de Vries*, **Un ladrón debajo de la cama**
47 / *Christine Nöstlinger*, **Mini y el gato**
48 / *Ulf Stark*, **Cuando se estropeó la lavadora**
49 / *David A. Adler*, **El misterio de la casa encantada**
50 / *Andrew Matthews*, **Ringo y el vikingo**
51 / *Christine Nöstlinger*, **Mini va a la playa**
52 / *Mira Lobe*, **Más aventuras del fantasma de palacio**
53 / *Alfredo Gómez Cerdá*, **Amalia, Amelia y Emilia**
54 / *Erwin Moser*, **Los ratones del desierto**
55 / *Christine Nöstlinger*, **Mini en carnaval**
56 / *Miguel Ángel Mendo*, **Blink lo lía todo**
57 / *Carmen Vázquez-Vigo*, **Gafitas**
58 / *Santiago García-Clairac*, **Maxi el aventurero**
59 / *Dick King-Smith*, **¡Jorge habla!**
60 / *José Luis Olaizola*, **La flaca y el gordo**
61 / *Christine Nöstlinger*, **¡Mini es la mejor!**
62 / *Burny Bos*, **¡Sonría, por favor!**
63 / *Rindert Kromhout*, **El oso pirata**
64 / *Christine Nöstlinger*, **Mini, ama de casa**
65 / *Christine Nöstlinger*, **Mini va a esquiar**
66 / *Christine Nöstlinger*, **Mini y su nuevo abuelo**
67 / *Ulf Stark*, **¿Sabes silbar, Johanna?**
68 / *Enrique Páez*, **Renata y el mago Pintón**
69 / *Jürgen Bauscherus*, **Kiatoski y el robo de los chicles**
70 / *Jurij Brezan*, **El gato Mikos**
71 / *Michael Ende*, **La sopera y el cazo**
72 / *Jürgen Bauscherus*, **Kiatoski y la desaparición de los patines**
73 / *Christine Nöstlinger*, **Mini detective**
74 / *Emili Teixidor*, **La mejor amiga de la hormiga Miga**
75 / *Joel Franz Rosell*, **Vuela Ertico, vuela**
76 / *Jürgen Bauscherus*, **Kiatoski y el tiovivo**
77 / *Ulf Nilsson*, **¡Cuidado con los elefantes!**

EL BARCO DE VAPOR

SERIE NARANJA (a partir de 9 años)

1 / *Otfried Preussler*, **Las aventuras de Vania el forzudo**
2 / *Hilary Ruben*, **Nube de noviembre**
3 / *Juan Muñoz Martín*, **Fray Perico y su borrico**
4 / *María Gripe*, **Los hijos del vidriero**
5 / *A. Dias de Moraes*, **Tonico y el secreto de estado**
6 / *François Sautereau*, **Un agujero en la alambrada**
7 / *Pilar Molina Llorente*, **El mensaje de maese Zamaor**
8 / *Marcelle Lerme-Walter*, **Los alegres viajeros**
9 / *Djibi Thiam*, **Mi hermana la pantera**
10 / *Hubert Monteilhet*, **De profesión, fantasma**
11 / *Hilary Ruben*, **Kimazi y la montaña**
12 / *Jan Terlouw*, **El tío Willibrord**
13 / *Juan Muñoz Martín*, **El pirata Garrapata**
15 / *Eric Wilson*, **Asesinato en el «Canadian Express»**
16 / *Eric Wilson*, **Terror en Winnipeg**
17 / *Eric Wilson*, **Pesadilla en Vancúver**
18 / *Pilar Mateos*, **Capitanes de plástico**
19 / *José Luis Olaizola*, **Cucho**
20 / *Alfredo Gómez Cerdá*, **Las palabras mágicas**
21 / *Pilar Mateos*, **Lucas y Lucas**
22 / *Willi Fährmann*, **El velero rojo**
25 / *Hilda Perera*, **Kike**
26 / *Rocío de Terán*, **Los mifenses**
27 / *Fernando Almena*, **Un solo de clarinete**
28 / *Mira Lobe*, **La nariz de Moritz**
30 / *Carlo Collodi*, **Pipeto, el monito rosado**
31 / *Ken Whitmore*, **¡Saltad todos!**
34 / *Robert C. O'Brien*, **La señora Frisby y las ratas de Nimh**
35 / *Jean van Leeuwen*, **Operación rescate**
37 / *María Gripe*, **Josefina**
38 / *María Gripe*, **Hugo**
39 / *Cristina Alemparte*, **Lumbánico, el planeta cúbico**
42 / *Núria Albó*, **Tanit**
43 / *Pilar Mateos*, **La isla menguante**
44 / *Lucía Baquedano*, **Fantasmas de día**
45 / *Paloma Bordons*, **Chis y Garabís**
46 / *Alfredo Gómez Cerdá*, **Nano y Esmeralda**
47 / *Eveline Hasler*, **Un montón de nadas**
48 / *Mollie Hunter*, **El verano de la sirena**
49 / *José A. del Cañizo*, **Con la cabeza a pájaros**
50 / *Christine Nöstlinger*, **Diario secreto de Susi. Diario secreto de Paul**
51 / *Carola Sixt*, **El rey pequeño y gordito**
52 / *José Antonio Panero*, **Danko, el caballo que conocía las estrellas**
53 / *Otfried Preussler*, **Los locos de Villasimplona**
54 / *Terry Wardle*, **La suma más difícil del mundo**
55 / *Rocío de Terán*, **Nuevas aventuras de un mifense**
57 / *Alberto Avendaño*, **Aventuras de Sol**
58 / *Emili Teixidor*, **Cada tigre en su jungla**
59 / *Ursula Moray Williams*, **Ari**
60 / *Otfried Preussler*, **El señor Klingsor**
61 / *Juan Muñoz Martín*, **Fray Perico en la guerra**
62 / *Thérèsa de Chérisey*, **El profesor Poopsnagle**
63 / *Enric Larreula*, **Brillante**
64 / *Elena O'Callaghan i Duch*, **Pequeño Roble**
65 / *Christine Nöstlinger*, **La auténtica Susi**
66 / *Carlos Puerto*, **Sombrerete y Fosfatina**
67 / *Alfredo Gómez Cerdá*, **Apareció en mi ventana**
68 / *Carmen Vázquez-Vigo*, **Un monstruo en el armario**
69 / *Joan Armengué*, **El agujero de las cosas perdidas**
70 / *Jo Pestum*, **El pirata en el tejado**
71 / *Carlos Villanes Cairo*, **Las ballenas cautivas**
72 / *Carlos Puerto*, **Un pingüino en el desierto**
73 / *Jerome Fletcher*, **La voz perdida de Alfreda**
74 / *Edith Schreiber-Wicke*, **¡Qué cosas!**
75 / *Irmelin Sandman Lilius*, **El unicornio**
76 / *Paloma Bordons*, **Érame una vez**
77 / *Llorenç Puig*, **El moscardón inglés**
78 / *James Krüss*, **El papagayo parlanchín**
79 / *Carlos Puerto*, **El amigo invisible**
80 / *Antoni Dalmases*, **El vizconde menguante**
81 / *Achim Bröger*, **Una tarde en la isla**
82 / *Mino Milani*, **Guillermo y la moneda de oro**
83 / *Fernando Lalana y José María Almárcegui*, **Silvia y la máquina Qué**
84 / *Fernando Lalana y José María Almárcegui*, **Aurelio tiene un problema gordísimo**
85 / *Juan Muñoz Martín*, **Fray Perico, Calcetín y el guerrillero Martín**

86 / *Donatella Bindi Mondaini,* **El secreto del ciprés**
87 / *Dick King-Smith,* **El caballero Tembleque**
88 / *Hazel Townson,* **Cartas peligrosas**
89 / *Ulf Stark,* **Una bruja en casa**
90 / *Carlos Puerto,* **La orquesta subterránea**
91 / *Monika Seck-Agthe,* **Félix, el niño feliz**
92 / *Enrique Páez,* **Un secuestro de película**
93 / *Fernando Pulin,* **El país de Kalimbún**
94 / *Braulio Llamero,* **El hijo del frío**
95 / *Joke van Leeuwen,* **El increíble viaje de Desi**
96 / *Torcuato Luca de Tena,* **El fabricante de sueños**
97 / *Guido Quarzo,* **Quien encuentra un pirata, encuentra un tesoro**
98 / *Carlos Villanes Cairo,* **La batalla de los árboles**
99 / *Roberto Santiago,* **El ladrón de mentiras**
100 / *Varios,* **Un barco cargado de... cuentos**
101 / *Mira Lobe,* **El zoo se va de viaje**
102 / *M. G. Schmidt,* **Un vikingo en el jardín**
103 / *Fina Casalderrey,* **El misterio de los hijos de Lúa**
104 / *Uri Orlev,* **El monstruo de la oscuridad**
105 / *Santiago García Clairac,* **El niño que quería ser Tintín**

EL BARCO DE VAPOR

SERIE ROJA (a partir de 12 años)

1 / *Alan Parker*, **Charcos en el camino**
2 / *María Gripe*, **La hija del espantapájaros**
3 / *Huguette Perol*, **La jungla del oro maldito**
4 / *Ivan Southall*, **¡Suelta el globo!**
6 / *Jan Terlouw*, **Piotr**
7 / *Hester Burton*, **Cinco días de agosto**
8 / *Hannelore Valencak*, **El tesoro del molino viejo**
9 / *Hilda Perera*, **Mai**
10 / *Fay Sampson*, **Alarma en Patterick Fell**
11 / *José A. del Cañizo*, **El maestro y el robot**
12 / *Jan Terlouw*, **El rey de Katoren**
14 / *William Camus*, **El fabricante de lluvia**
17 / *William Camus*, **Uti-Tanka, pequeño bisonte**
18 / *William Camus*, **Azules contra grises**
20 / *Mollie Hunter*, **Ha llegado un extraño**
22 / *José Luis Olaizola*, **Bibiana**
23 / *Jack Bennett*, **El viaje del «Lucky Dragon»**
25 / *Geoffrey Kilner*, **La vocación de Joe Burkinshaw**
26 / *Víctor Carvajal*, **Cuentatrapos**
27 / *Bo Carpelan*, **Viento salvaje de verano**
28 / *Margaret J. Anderson*, **El viaje de los hijos de la sombra**
30 / *Bárbara Corcoran*, **La hija de la mañana**
31 / *Gloria Cecilia Díaz*, **El valle de los cocuyos**
32 / *Sandra Gordon Langford*, **Pájaro rojo de Irlanda**
33 / *Margaret J. Anderson*, **En el círculo del tiempo**
35 / *Annelies Schwarz*, **Volveremos a encontrarnos**
36 / *Jan Terlouw*, **El precipicio**
37 / *Emili Teixidor*, **Renco y el tesoro**
38 / *Ethel Turner*, **Siete chicos australianos**
39 / *Paco Martín*, **Cosas de Ramón Lamote**
40 / *Jesús Ballaz*, **El collar del lobo**
43 / *Monica Dickens*, **La casa del fin del mundo**
44 / *Alice Vieira*, **Rosa, mi hermana Rosa**
45 / *Walt Morey*, **Kavik, el perro lobo**
46 / *María Victoria Moreno*, **Leonardo y los fontaneros**
49 / *Carmen Vázquez-Vigo*, **Caja de secretos**
50 / *Carol Drinkwater*, **La escuela encantada**
51 / *Carlos-Guillermo Domínguez*, **El hombre de otra galaxia**
52 / *Emili Teixidor*, **Renco y sus amigos**
53 / *Asun Balzola*, **La cazadora de Indiana Jones**
54 / *Jesús M.ª Merino Agudo*, **El «Celeste»**
55 / *Paco Martín*, **Memoria nueva de antiguos oficios**
56 / *Alice Vieira*, **A vueltas con mi nombre**
57 / *Miguel Ángel Mendo*, **Por un maldito anuncio**
58 / *Peter Dickinson*, **El gigante de hielo**
59 / *Rodrigo Rubio*, **Los sueños de Bruno**
60 / *Jan Terlouw*, **La carta en clave**
61 / *Mira Lobe*, **La novia del bandolero**
62 / *Tormod Haugen*, **Hasta el verano que viene**
63 / *Jocelyn Moorhouse*, **Los Barton**
64 / *Emili Teixidor*, **Un aire que mata**
65 / *Lucía Baquedano*, **Los bonsáis gigantes**
66 / *José L. Olaizola*, **El hijo del quincallero**
67 / *Carlos Puerto*, **El rugido de la leona**
68 / *Lars Saabye Christensen*, **Herman**
69 / *Miguel Ángel Mendo*, **Un museo siniestro**
70 / *Gloria Cecilia Díaz*, **El sol de los venados**
71 / *Miguel Ángel Mendo*, **¡Shh... esos muertos, que se callen!**
72 / *Bernardo Atxaga*, **Memorias de una vaca**
73 / *Janice Marriott*, **Cartas a Lesley**
74 / *Alice Vieira*, **Los ojos de Ana Marta**
75 / *Jordi Sierra i Fabra*, **Las alas del sol**
76 / *Enrique Páez*, **Abdel**
77 / *José Antonio del Cañizo*, **¡Canalla, traidor, morirás!**
78 / *Teresa Durán*, **Juanón de Rocacorba**
79 / *Melvin Burguess*, **El aullido del lobo**
80 / *Michael Ende*, **El ponche de los deseos**
81 / *Mino Milani*, **El último lobo**
82 / *Paco Martín*, **Dos hombres o tres**
83 / *Ruth Thomas*, **¡Culpable!**
84 / *Sol Nogueras*, **Cristal Azul**
85 / *Carlos Puerto*, **Las alas de la pantera**

86 / *Virginia Hamilton*, **Plain City**
87 / *Joan Manuel Gisbert*, **La sonámbula en la Ciudad-Laberinto**
88 / *Joan Manuel Gisbert*, **El misterio de la mujer autómata**
89 / *Alfredo Gómez Cerdá*, **El negocio de papá**
90 / *Paloma Bordons*, **La tierra de las papas**
91 / *Daniel Pennac*, **¡Increíble Kamo!**
92 / *Gonzalo Moure*, **Lili, Libertad**
93 / *Sigrid Heuck*, **El jardín del arlequín**
94 / *Peter Härtling*, **Con Clara somos seis**
95 / *Federica de Cesco*, **Melina y los delfines**
96 / *Agustín Fernández Paz*, **Amor de los quince años, Marilyn**